幼兒全語文 階梯故事 系列

做運動

袁妙霞　著
野人　繪

園丁文化

多做運動身體好。

海豚的運動是在海裏游來游去。

猴子的運動是在樹上盪來盪去。

斑馬的運動是在草原上跑來跑去。

蚯蚓的運動是在泥土中鑽來鑽去。

蒼蠅，你的運動是什麼？

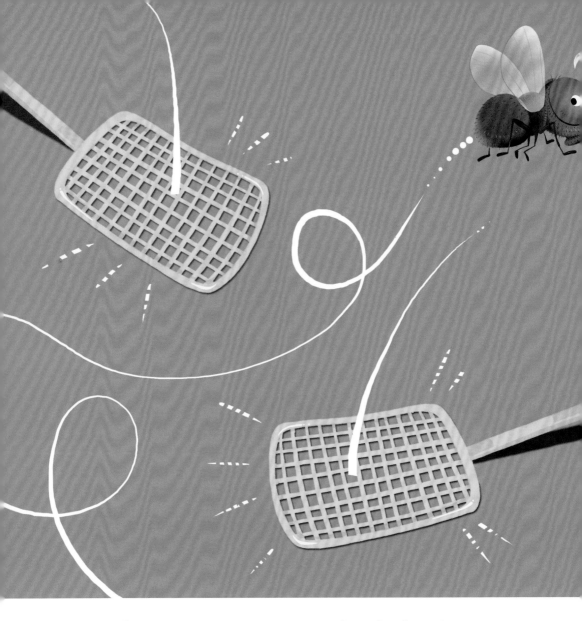

我的運動是整天躲來躲去。

導讀活動

進行方法：

❶ 讀故事前，請伴讀者把故事先看一遍。

❷ 引導孩子觀察圖畫，透過提問和孩子本身的生活經驗，幫助孩子猜測故事的發展和結局。

❸ 利用重複句式的特點，引導孩子閱讀故事及猜測情節。如有需要，伴讀者可以給予協助。

❹ 最後，請孩子把故事從頭到尾讀一遍。

封面
1. 圖中的動物在做什麼？
2. 請把書名讀一遍。

P2
1. 圖中的動物在做什麼運動？請逐一說出來。
2. 你覺得他們做運動時愉快嗎？做運動對身體有好處嗎？

P3
1. 圖中是什麼地方？海豚在這裏做什麼？
2. 你猜海豚的運動是什麼？

P4
1. 猴子的手握着什麼？他們握着樹枝，身體會怎樣？
2. 你猜猴子的運動是什麼？

P5
1. 圖中是什麼地方？斑馬在這裏做什麼？
2. 你猜斑馬的運動是什麼？

P6
1. 圖中的蚯蚓在什麼地方？你猜泥土中的通道是怎樣來的？
2. 你猜蚯蚓的運動是什麼？

P7
1. 圖中有什麼食物？你猜蒼蠅在想什麼？
2. 人們喜歡蒼蠅嗎？人們見到蒼蠅，通常會怎樣做？

P8
1. 你猜對了嗎？人們不斷用蒼蠅拍打蒼蠅，蒼蠅會怎樣做？
2. 你猜蒼蠅說自己每天的運動是什麼？

多做運動身體好

做運動可以強身健體。一家人一起做運動，更可以促進親子關係。

以下是一些適合全家人一起做的運動：

① 游泳

② 騎單車

③ 遠足

④ 打球

字卡

玩法
❶ 把字卡全部排列出來，伴讀者讀出字詞，請孩子選出相應的字卡。
❷ 請孩子自行選出多張字卡，讀出字詞並口頭造句。

請沿虛線剪出字卡。

運動	身體	海豚
游來游去	斑馬	盪來盪去
跑來跑去	蚯蚓	泥土
鑽來鑽去	蒼蠅	躲來躲去

幼兒全語文階梯故事系列
第3級（中階篇）

《做運動》

©園丁文化

幼兒全語文階梯故事系列
第3級（中階篇）

《做運動》

©園丁文化

幼兒全語文階梯故事系列
第3級（中階篇）

《做運動》

©園丁文化

幼兒全語文階梯故事系列
第3級（中階篇）

《做運動》

©園丁文化

幼兒全語文階梯故事系列
第3級（中階篇）

《做運動》

©園丁文化

幼兒全語文階梯故事系列
第3級（中階篇）

《做運動》

©園丁文化

幼兒全語文階梯故事系列
第3級（中階篇）

《做運動》

©園丁文化

幼兒全語文階梯故事系列
第3級（中階篇）

《做運動》

©園丁文化

幼兒全語文階梯故事系列
第3級（中階篇）

《做運動》

©園丁文化

幼兒全語文階梯故事系列
第3級（中階篇）

《做運動》

©園丁文化

幼兒全語文階梯故事系列
第3級（中階篇）

《做運動》

©園丁文化

幼兒全語文階梯故事系列
第3級（中階篇）

《做運動》

©園丁文化